LE PLEUREUR

MALGRÉ LUI,

COMEDIE.

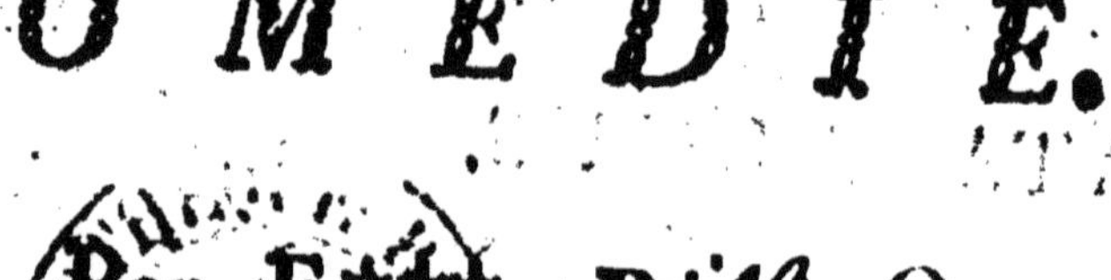

Par E***. Billard.

ACTEURS.

M. JOVIAL.

Madame JOVIAL.

M. PARTERRE.

Madame LOGE.

M. BALCON.

HÉRACLITE.

CATAFALCUS.

CASCARET.

La Scène est au Théâtre Français.

LE PLEUREUR

MALGRÉ LUI,

COMÉDIE.

SCENE PREMIERE.

JOVIAL, PARTERRE, LOGE, BALCON.

JOVIAL.

Rhabillons, croyez-moi, le Théâtre à l'antique,
Qu'il prenne un tour plus libre, un ton moins dogmatique ;
Las de subtiliser le subtil *Marivaux*,
Des Rieurs plus naïfs devenons les rivaux ;
Dérobons au marasme un peuple d'hypocondres,
Aujourd'hui plus nombreux dans Paris que dans Londres ;
Laissons Milord en Scène arriver tout exprès

Pour y broyer du noir, y planter des cyprès :
Moi, j'entends que de fleurs mes planches soient jonchées.
Mon Dialogue alerte, & mes Piéces brochées :
Celle-ci, par exemple, aura ses partisans,
Si je dois être absous des sarcasmes plaisans :
Je puis tomber de haut, mais non point jusqu'à terre,
Attendu que pour moi j'aurai Monsieur Parterre.

PARTERRE.

Oui, Monsieur Jovial, comptez sur votre ami ;
Je ne tiens que pour vous mon siflet endormi ;
Mais n'enguenillez point quelque farce grotesque,
Renvoyez *Don-Japhet* avec la soldatesque ;
Suivez *l'Enfant-Prodigue*, *Euphémon* dans Coignac,
Et laissez dans Limoge un Monsieur *Pourceaugnac* ;
Donnez-moi, vous savez, là, du comi-tragique,
Chauffez, à mes souhaits, le Cothurne magique ;
J'aime en la Comédie *Alecton*, ses flambeaux,
La lampe sépulcrale & le spectre en lambeaux.

JOVIAL.

Pour l'honneur de *Momus* j'avais juré d'écrire ;
Mais si vous décidez qu'il faille le proscrire,
Chassons-le du Théâtre, à coups de brodequin,
Dressons le catafalque au nez du Sieur *Pasquin*.

PARTERRE.

C'est ainsi que vous seul gagnerez mon suffrage,
Que vous garantirez vos planches du naufrage ;

Songez que le Public, cet animal changeant,
Veut, pour se divertir, un spectacle affligeant :
Il faudra désormais que la journée entiere
Vous hantiez avec moi.

JOVIAL.

Quelque beau cimetiere !
Là, dégoûté du monde, affamé du trépas,
D'avance avec les morts, quels régals n'a-t-on pas ?
Qu'en dit Monsieur Balcon ? Madame, on vous néglige !

LOGE.

Eh bien ! concluriez-vous que l'on me désoblige,
Lorsqu'on veut me prouver que les derniers avis
Restent les plus présens & sont les mieux suivis ?

JOVIAL.

Je déchiffre à-peu-près le nom des Personnages
Qui surprennent chez vous d'insignes patronages !

LOGE.

Ce sont gens à la mode, & qu'elle a dû fêter :
Plus d'un ciseau flateur s'obstine à les sculpter.

JOVIAL.

Grand bien leur fasse ! à moi, ni marbres, ni statues,
Que par le zéphir même on verroit abbatues :
Qu'un plâtre me figure & meuble un cabinet,
Mon buste affrontera celui de *Poinsinet*.
Et vous, Monsieur Balcon, quel charme vous attire ?

Est-ce un Auteur célèbre, égayant la satyre,
Francaleu, Baliveau ? Courez-vous Patelin,
Palaprat, Dufrenil, Regnard & Poquelin ?

BALCON.

Je ne les connois point.

JOVIAL.

               Iriez-vous d'ordinaire
Courir l'enterrement, le sombre luminaire,
Le lugubre *Morphile* ?

BALCON.

               Avec lui j'ai soupé,
J'aime à le voir plaintif, d'un crêpe enveloppé.

JOVIAL.

Vous fréquentez d'ailleurs la dolente *Artemise* !
Nous verrons vos chagrins noyés dans la Tamise !

BALCON.

J'incline au suicide.

JOVIAL.

        Il est divertissant !

BALCON.

De la Tamise au Stix franchir le pas glissant,
C'est un jeu.

COMÉDIE.

JOVIAL.

Qui perd gagne ! Après la sépulture ;
On dort, couché gratis, rien pour la couverture !

BALCON.

Donnez-moi pour spectacle un amant ténébreux ;
Perdez-le en la forêt sur quelque mont scabreux ;
Faites qu'il soit jaloux, qu'il peine & se dépite,
Que du haut d'un rocher l'amour le précipite !

JOVIAL.

Et son *Iris* témoin, retombe en pamoison,
Recouvre ses esprits pour sabler du poison !

BALCON.

L'arsenic.

JOVIAL.

J'ai sur moi la drogue salutaire
Pour vous conduire en poste au trépas volontaire ;
Et s'il ne faut ici vous rien dissimuler,
Le mal qu'il vous plaira je puis l'inoculer :
Je veux que ma Soubrette à votre choix finisse
Par le hoquet, la toux, le spléen, ou la jaunisse.

BALCON.

Vous en déciderez. L'on s'évanouira !

JOVIAL.

Sans secours, & sans rate, on s'épanouira !

A iv

LE PLEUREUR;

BALCON.

Point de rire impromptu !

JOVIAL.

      Fi donc ! Le rire ignoble
N'est bon que pour *Grégoire*, ivre de son vignoble !

BALCON.

Des hélas, des soupirs, des cris, des hurlemens !

JOVIAL.

Calculons : du métier voilà quatre élémens !

BALCON.

Des poignards, des fureurs.

JOVIAL.

      Oui, sans miséricorde,
J'évoque, à vos périls, les Enfers, la Discorde.
Et vous, Madame Loge, il faut vous contenter !
Je vous garde un Valet prompt à se lamenter,
Qui tirant de sa poche un mouchoir pathétique,
Beugle jusqu'à rougir son col apoplectique :
On le phlébotomise, au plus vîte, & *Frontin*
Débile & moribond, vous semble calotin !

LOGE.

Il touche, il intéresse !

COMÉDIE.

JOVIAL.

On pourroit, *quoiqu'on die*,
Accoutumer au fang l'aimable Comédie :
Qu'en penfez-vous ?

LOGE.

Ma foi, l'Anglais à cet égard
Nous donne un bel exemple, & fon Joueur hagard,
Outrant fa paffion, fa fougue Britannique,
Sur la carte, ou le dé, perdroit fon fils unique !
Le brelandier qu'en France adopta le tréteau,
Rifque, pour tout potage, argent, bijou, manteau ;
Auffi dans un malheur n'attendez point qu'il forge
Le gentil coutelas dont lui même il s'égorge !

JOVIAL.

Il lit Sénèque !

LOGE.

Eh oui ! Mais revenons ; plaifez.

JOVIAL.

C'eft le point difficile !

LOGE.

A vous des plus aifés :
Il fuffit d'un roman, dont le Héros timide
Ait toujours le cœur tendre & l'œil toujours humide ;
Imaginez un Duc, au village amoureux,
Il obtient de *Nanette* un foupir langoureux.

JOVIAL.

Du corset d'étamine aussi-tôt dépouillée,
Voilà notre Duchesse en velours habillée !

LOGE.

Blaise, ou quelqu'autre sot, l'admire en son pourpris.

JOVIAL.

Le noble Gentilhomme en devient plus épris !

LOGE.

Dabord il l'épousoit : une Dame importante
Veut biffer le contrat, c'est sa mere, ou sa tante.

JOVIAL.

Grande altercation !

LOGE.

                    Monseigneur triomphant
Dresse un lit nuptial pour la bénigne enfant :
Incidentez le fait, beaucoup de jalousie,
De furieux soupçons, une épitre saisie,
Un rival que *Nanette* aura bien mitonné,
Et c'est, par qui-pro-quo, son pere époumoné.

JOVIAL.

Pour mettre en action si commune aventure,
Faut-il à son esprit donner la tablature ?

LOGE.

Non !

JOVIAL.

Mais que de la scène on usurpe l'accès,
Sans être un beau rieur, on accroche un succès !

LOGE.

Il n'est plus temps de rire, & votre *Sganarelle*
Avec nos *Beverleys* peut vuider sa querelle.

BALCON.

Quand le Théâtre change, il faut changer aussi !

PARTERRE.

Vous le dites, Monsieur, nous le pensons ainsi.

LOGE.

Nous voilà tous d'accord, preuve que nos idées,
N'en déplaise aux Gloseurs, sont assez bien fondées ;
Preuve qu'il faut bannir le *Mercure* histrion,
Qui couche *Jupiter* au lit d'*Amphitrion*,
Et flatter, caresser le masque élégiaque,
Qui feroit de *Panurge* un hypocondriaque.

JOVIAL.

adame enfin m'éclaire, & je dois à son goût,
En Cuisinier moderne, apprêter le ragoût ;

Vous, Messieurs, trouvez bon que dans la solitude,
Entouré de tombeaux, rongé d'inquiétude,
Abîmé dans les pleurs, je songe à vous offrir
Un comique, en long deuil, que vous puissiez souffrir.

BALCON.

Egorgez.

PARTERRE.

Enterrez.

LOGE.

Larmoyez.

JOVIAL.

Belle affaire !

PARTERRE.

Nous reviendrons savoir ce que vous savez faire

SCENE II.

JOVIAL.

PLEUREZ, pleurez mes yeux, & fondez-vous en eau:
Ah! venez, Templiers, coulez-bas mon tonneau;
J'ai du vin, du nectar! mais qu'il m'en reste goutte,
Je la savoure, & puis, voyez ce qu'il m'en coûte!
Dans le vin, la gaieté, j'éclate, & mes Acteurs
S'en vont communiquans leur joie aux Spectateurs!
Que deviens-je? un *Pasquin!* gare à Mr. Parterre!
On entend le sifflet de Paris à Nanterre.
Et vous, Monsieur Balcon, vous, la fleur des Marquis,
Amourachez du titre à menus frais acquis,
Pourriez-vous l'heure entiere, assez mal employée,
Rire avec la canaille à gorge déployée!
Et vous, Madame Loge, aux petites Maisons
Vous m'installez sans doute, & pour juste raisons!
C'est une *archifolie*, en nos jours lamentables,
Que tenir vieux propos, tant soit peu délectables;
Et si d'un grain de sel ils sont assaisonnés,
Il faudra qu'un gourmet les juge empoisonnés!
Tel qui des Romanciers fait son plus cher délice,
Le Public s'écriera que j'ose avec malice
Pleurer à ses dépens, & qu'à moi n'appartient
D'apostropher ainsi les Drames qu'il soutient;

L'*Ecoſſaiſe* & *Fréeport*, d'autres, ce *la Chauſſée*,
Dont la muſe oratoire en chaire eſt exhauſſée;
Tandis qu'on va branchant nos habiles coquins,
Nos *Daves*, qui vendroient *Chremès* pour deux ſequins;
Tandis que ces matois... On frappe, qu'eſt-ce? j'ouvre.

SCENE III.

HÉRACLITE (*en habit brun*), JOVIAL.

JOVIAL.

Qu'on entre, avec reſpect! mon logis eſt un Louvre.

HÉRACLITE.

Jovial, votre nom!

JOVIAL.

Oui, fort gai, Dieu merci:
Mais ſauriez-vous, Monſieur, où l'on vend du ſouci?
J'en aurois grand beſoin pour l'œuvre dramatique,
Qu'en dépit du *Criſpin* je rendrai chromatique:
Je ménage aux Rieurs un coup inattendu,
Ils verront ſur ma ſcène un maſſacre étendu.

HÉRACLITE.

Fort bien, vous êtes mime!

JOVIAL,

Oui, Monsieur, dont j'enrage.

HÉRACLITE.

Qu'au métier mon exemple au moins vous encourage :
Je débute.

JOVIAL.

Et quel jour ?

HÉRACLITE.

Je viens m'en informer.

JOVIAL.

Le jour qu'en la semaine il vous plaira nommer :
Dimanche.

HÉRACLITE.

Volontiers.

JOVIAL.

Joueriez-vous d'habitude
Les rôles douloureux ?

HÉRACLITE.

J'en fais ma seule étude.

JOVIAL.

Bon, vous amolliriez, par vos cris déchirans,
Le roc, le léopard, l'hydre & tous les tyrans !

HÉRACLITE.

Je vous le dis, croyez : dans le Pathos j'excelle,
Et la gaieté chez moi n'a que pâle étincelle.

JOVIAL.

Bon, vous n'irez donc point rire avec des *Scapins*,
Tandis qu'il faut, chez nous, quitter leurs escarpins!

HÉRACLITE.

Moi, rire! à votre avis, le monde est-il risible ?
Le vice, à vos regards, seroit-il invisible,
Ou bien dans sa laideur, si vous l'envisagez,
N'en souhaitez-vous point voir les hommes purgés ?
L'orgueil nous ravala, l'intérêt nous domine ;
Pour s'engraisser le monstre entretient la famine,
Par-tout les usuriers infestent l'Univers,
Qui n'est, comme un cachot, peuplé que de pervers.

JOVIAL *(à part.)*

M'en voudroit-il ?

HÉRACLITE.

      Combien la vertu périclite!
J'en pleure avec raison,
        (Tirant un ample mouchoir.)
      Je m'appelle Héraclite.

JOVIAL

JOVIAL.

Héraclite ! Ô fortune ! Heureux événement !
C'eſt vous, c'eſt vous, Monſieur, du ſiécle l'ornement !
Apprenez-moi, de grace, à contriſter la France,
A laiſſer mon Théâtre abbattu de ſouffrance,
Et que Monſieur Parterre, actif à m'applaudir,
Me claque & me reclaque, au point de m'aſſourdir.

HÉRACLITE.

Je vous réponds de lui.

JOVIAL.

       Seroit-il vraiſemblable
Qu'il méconnut en vous ſon féal, ſon ſemblable,
Son oracle, ſon Dieu ?

HÉRACLITE.

       Tant qu'il fut Baladin,
Qu'il pouſſa *Maſcarille* à leurrer *Trufaldin*,
Nous fûmes peu d'accord : aujourd'hui moins folâtre,
C'eſt de moi, ſeulement, qu'il paroît idolâtre ;
Ou s'il peut m'oublier, c'eſt pour mes Sectateurs,
Du pauvre genre humain, triſtes conſolateurs,
Toujours lui remontrans, à l'inſtar d'un vrai ſage,
Que la gloire eſt un ſonge, & la vie un paſſage.

JOVIAL.

Vous prêchez comme un ange ! avec votre talent

Je ferois, sans Minerve, un Ouvrage excellent ;
Et je vois qu'à *Momus* Jovial infidéle,
Auroit dû vous choisir pour unique modéle.

HÉRACLITE.

Je vous en garde un autre.

JOVIAL.

Encor plus soucieux ?

HÉRACLITE.

Jamais on n'a vu d'homme aussi noir sous les cieux :
Toujours sur l'avenir promenant sa pensée,
Fuyant des jeux, des bals, l'allégresse insensée,
Mort avant le trépas, il vit dans les tombeaux,
Appréhende l'aspect des jardins les plus beaux,
Jette un sombre coup d'œil sur les fleurs printanieres
Et la parque voulut qu'il portât ses bannieres.

JOVIAL.

Voilà mon homme ! Oh, oui !. chacun l'estimera,
Sur-tout nos Anglicans ! Son nom ?

HÉRACLITE.

Vous charmera.

JOVIAL.

Dites.

HÉRACLITE.

Catafalcus.

JOVIAL.

A ce nom seul j'expire :
Qu'on me plaque au cercueil, à mes vœux tout conspire!
Catafalcus! Tel gnome engourdiroit soudain
Le volatile esprit du plus léger mondain !
Mais parlons, s'il vous plaît : ce rare personnage,
Qui plus que vous, Monsieur, répugne au badinage,
Il est de vos amis !

HÉRACLITE.

Mon intime.

JOVIAL.

Ecoutez ,
L'instinct m'appelle encor vers les joyeusetés ;
Je compte infiniment sur vous pour le détruire ;

(*Héraclite s'incline.*)

Mais la riante école où j'eus cœur à m'instruire,
Arnolphe & son *Agnès* , mes inclinations,
Reviennent faire obstacle aux lamentations :
ous êtes, par état, fort propre à les contraindre ,

(*Héraclite s'incline.*)

fais de moi-même enfin, que ne dois-je pas craindre,
i dans Catafalcus je ne trouve un secours
ui renforce , à mon gré, vos larmoyans discours!

H É R A C L I T E.

Vous serez satisfait, il me rejoint sur l'heure ;
Nous allons, à l'écart, marchander la demeure
Que tous deux, ce n'est qu'un, nous comptons habiter,
Si l'endroit taciturne invite à méditer,
Plus qu'à rire.

J O V I A L.

    Etouffons tous ces ris dont MOLIERE
Entrecoupe, au hasard, sa maxime écoliere !
D'ineptes raisonneurs, en sa coulisse admis,
A ses enseignemens, à ses dogmes soumis,
Perdent la gravité qui les caractérise,
Et toujours en éveil leur grelot martyrise !

H É R A C L I T E.

Croyez un Charlatan, Philosophe ancien ;
C'étoit, je me rappelle, *Horace*, ou *Lucien*.

J O V I A L.

L'un vaut l'autre, passons.

H É R A C L I T E.

     Le couple, assez futile,
S'attache beaucoup plus au plaisant qu'à l'utile ;
Présente, en belle humeur, la morale aux humains
Lui met la castagnette & la marotte en mains !

JOVIAL.

Même avec la sagesse il badine, il gambade !
Il apprête à sa guise un banquet, une aubade !
Plutarque, singulier, l'affole au bal masqué,
Epanche le vin grec dans son chef détraqué,
Déconcerte à la fois sa démarche, son phlegme,
Et de sa bouche d'or enivre l'apophtegme !

HÉRACLITE.

Il mêle à son air grave un bizarre enjouement,
Un charme inconcevable, un étrange agrément....

JOVIAL,

Qui déplaît ! Et par tout la rendroit haïssable !

HÉRACLITE.

La défigure au point qu'elle est méconnoissable !

JOVIAL.

Votre ennemi juré, *Démocrite* odieux,
Eut beau la revêtir d'un éclat radieux,
En faire, avec licence, un patron de peinture,
La montrer en *Vénus*, détacher sa ceinture,
Elle alloit, malgré lui, perdre tous ses attraits,
Si vous n'eussiez ridé sa face & ses portraits !
C'est à vous, Héraclite, à vous, que je révére,
(*Héraclite s'incline.*)
Qu'il sied de l'embellir, avec un front sévére ;

Et dans Catafalcus, puissai-je encor la voir
Sous une image....

HÉRACLITE.

Il vient.

JOVIAL.

        Je cours le recevoir.

SCENE IV.

**CATAFALCUS, (*en Habit noir*), JOVIAL,
HÉRACLITE.**

JOVIAL.

AH, Monsieur ! agréez que dans cette embrassade,
Marque d'une amitié franche, & non de passade,
J'accueille un des supports du poudreux monument,
Où je compte avec vous être gîté dûment.

CATAFALCUS, (*d'une voix ténébreuse.*)

Tout passe, & le soleil disparoîtra : les mondes
Crouleront.

JOVIAL.

Tôt ou tard !

CATAFALCUS.

       Leurs citoyens immondes,

Les uns à demi-nuds, les autres furdorés,
Dans le vague des airs feront évaporés.

JOVIAL.

Comme un fouffle !

CATAFALCUS.

La nuit épaiffira fes voiles,
Et l'Aftrologue aux cieux cherchera des étoiles.

JOVIAL.

Eclipfe univerfelle !

CATAFALCUS.

A quoi tient l'univers ?

JOVIAL.

A des fils !

CATAFALCUS.

La nature, & mille objets divers,
Les rofiers, leurs boutons, les gentes bergerettes,
Les bocages difcrets, témoins des amourettes,
Le roffignol, fes chants, Silvandre, fes troupeaux,
Corneille & les Romains, *Turenne* & fes Drapeaux....

JOVIAL.

Tout périra !

CATAFALCUS.

Le tems, divinité premiere,
Abbat d'un même coup le louvre & la chaumiere.

JOVIAL.

Les Pâtres & les Rois!

CATAFALCUS.

Le plus fidele ami
Contre tous les affauts tint mon cœur affermi;
Enfemble nous vivions comme *Orefte* & *Pilade*,
J'étois fur le grabat pour peu qu'il fut malade.

JOVIAL.

Auroit-il rendu l'ame?

CATAFALCUS.

Hélas! j'ai vu tomber
Le fépulcral *Hervey*; je faillis fuccomber.

JOVIAL.

Preffante occafion!

CATAFALCUS.

Dans ma douleur aiguë,
Dans un beau défefpoir j'avalai la ciguë;

Mais tandis qu'opéroit le poison végétal
Mon Factotum m'amene un Médecin fatal,
Il rétablit chez moi l'équilibre organique.

JOVIAL.

Vous deviez assommer le frater galenique !

CATAFALCUS.

La mort nous est propice, ôte à l'humanité
Les maux, les passions, l'erreur, la vanité ;
Et des plus érudits bornant la connoissance,
Nous replonge au limon qui nous prêta naissance.

HÉRACLITE, (bas à Jovial).

Eh bien ! qu'en dites-vous ? est-ce un homme ?

JOVIAL (bas).

Etonnant !

HÉRACLITE (bas).

Toujours près de sa fosse !

JOVIAL (bas).

Et jamais ricannant !

HÉRACLITE (bas).

Voyez comme en lui-même il se plaît à descendre !

JOVIAL (bas).

Il songe que nous trois sommes poussiere & cendre !
Reviendra-t-il à nous votre intime ?

HÉRACLITE (*bas*).

       Distrait,
Il voyage, isolé, dans le pays abstrait ;
Mais son retour approche !

JOVIAL (*bas*).

      Il faudra qu'il arrive,
A moins que de *Caron* il n'ait franchi la rive !

CATAFALCUS.

Serviteur, Héraclite : en moi-même absorbé,
Je croyois au cercueil être déja plombé :
Je m'éveille & vous cherche. Eh bien ! le domicile ?

HÉRACLITE.

A trouver, dès ce soir, sera peu difficile.

CATAFALCUS.

Il nous en faudroit un éloigné du quartier,
Où les filles d'amour vaquent à leur métier.

HÉRACLITE.

Quelque morne Chartreuse où l'on puisse en silence
Vaincre un desir brutal, malgré sa violence.

CATAFALCUS.

Surmonter l'avarice & la soif des honneurs,
Pour les *Socrates* même appas empoisonneurs,

HÉRACLITE.

Où trouver sur la terre un bois, un habitacle,
Qui ne serve aux brigands d'odieux receptacle ?

JOVIAL.

Loin des Cartouchiens je posséde un réduit,
Palais d'où le soleil fut par l'ombre éconduit ;
Qu'on entre dans la chambre, on frissonne, on recule,
Le jour qu'on y reçoit n'est qu'un faux crépuscule :
Des plus ternes couleurs les lambris vernissés
Présentent, pour tableaux, deux visages plissés,
Un triste Philosophe imbibé de ses larmes,
Dont le flux renaissant provoque les allarmes ;
Un autre solitaire, aux tombes retranché,
Sur le crâne du mort tient son œil attaché.
Estimez-vous, Messieurs, que le manoir convienne,
Et que la chambre, obscure, en sa faveur prévienne,
Je la livre à bon prix.

HÉRACLITE.

Je l'accepte.

CATAFALCUS.

Attendons.

HÉRACLITE.

Excusez, Jovial, graces, si nous tardons.

CATAFALCUS.

Où suis-je ? Jovial ! Quoi ! c'est l'Acteur en masque
Qui double incongrûment l'*Arlequin* bergamasque !

JOVIAL.

Non.

CATAFALCUS.

Quoi ! c'est le pilier des Théâtres gaillards,
Fléaux pour la jeunesse & pour les béquillards !

JOVIAL.

Non.

CATAFALCUS.

Quoi ! c'est le valet suivant la Comédie,
Où le *Tartuffe* a sçu blanchir la perfidie !

JOVIAL.

Non ! C'est le romancier, de vapeurs consumé ;
C'est l'homme qui tout vif voudroit être inhumé ;
C'est *le Malade* enfin, non pas *imaginaire*,
Qui pour guérir ses maux postule un luminaire,
Un catafalque.

CATAFALCUS.

Bon ! vous voilà converti !
Vous quittez des rieurs le malheureux parti !

JOVIAL.

Loin de suivre ardemment la nouveauté comique,
Je cours, tous les matins, l'école anatomique :
Sans répugnance aucune, avec facilité,
J'apprends combien la fibre a de fragilité ;
J'observe, en curieux, du cerveau la structure ;
Du corps en désarroi, j'assiste à l'ouverture,
Et pour les disséqueurs j'ai tant d'affection,
Que j'offre mon viscère à la dissection.

CATAFALCUS.

Je vous en félicite, & mon ame étonnée
Que la vôtre, Monsieur, au scapel soit tournée,
Vous jure amitié, foi, touchez-là, Jovial.

JOVIAL.

Taisez mon nom, Falot, burlesque, trivial.

HÉRACLITE.

Mais plus vous connoîtrez ses proches, sa personne,
Moins vous soupçonnerez qu'à rire on les façonne.

JOVIAL.

Ailleurs qu'en ma famille on peut chercher des gens
Pour qui les quolibets soient des besoins urgens ;

Qui s'endorment repus de farces, de parades,
De jeux, de carnavals, de folles mascarades!
J'y renonce, & me cloître.

HÉRACLITE.

       Il ira, sans mentir,
Creuser en Thébaïde un trou pour s'y blotir.

JOVIAL.

Oui, Messieurs, la taniere est mon dernier refuge,
Mon plus doux reposoir : que des cités transfuge,
Que souche des forêts, j'aille, loin des humains,
Faire amicalement aux ours mes baises mains !

CATAFALCUS.

Approuvez, en ce cas, que suivi d'Héraclite,
Précepteur éploré du monde hétéroclite,
    (*Héraclite s'incline.*)
J'aille avec doléance habiter les tombeaux.
    (*Ils sortent se tenans embrassés.*)

JOVIAL.

Courez, courez, Messieurs, des spectacles si beaux.

CATAFALCUS (*revenant avec Héraclite.*)

S'il vous plaisoit, ce soir, écorner mon fromage.

JOVIAL.

Je soupe à la guinguette.

HÉRACLITE.

Ah ! Monsieur, quel dommage !

CATAFALCUS.

Vous verriez, de bon œil, dans ma salle à manger,
La momie....

JOVIAL.

Avec elle on pourra me ranger :
Au carême prenant, donnez-moi la poularde ;
Que votre factotum ait soin qu'on l'entre-larde !

CATAFALCUS.

Nous aurons pour convive un squelette.

JOVIAL.

Au revoir.

CATAFALCUS.

Songeons que la mort vient, & sachons la prévoir.

SCENE V.
JOVIAL.

ENCOR, par accident, deux rencontres pareilles,
Encor deux trépassés pendus à mes oreilles,
J'ose ici garantir mon succès théâtral,
Prendre avec mes égaux le verbe magistral,
Démontrer que ma pièce, en pleurs épidémiques,
Exige, à tout le moins, vingt prix académiques,
Et qu'il me faut, à moi, des bronzes, des sculpteurs,
L'encens, l'apothéose, & mille adorateurs :
Fort bien, mais si je veux que l'on m'exalte aux nues,
Grossissons le torrent des larmes continues,
Enfantons un prodige, un sujet merveilleux,
Qui terrasse un critique amer ou vétilleux ;
Y suis-je ? en doutez-vous ? voyez comme on sanglotte,
On risque diablement d'obstruer l'épiglotte !
Pour ce, j'ai des moyens. Ho-là, hé, Cascaret.

SCENE VI

SCENE VI.

CASCARET, JOVIAL.

JOVIAL.

DIVORCE, une minute, avec le cabaret.

CASCARET.

Je ne bois qu'à ma soif.

JOVIAL.

Quittons les railleries ;
Des lieux, par trop suspects, tu fais tes galeries ;
Mais brisons là dessus. Il te faut prestement
M'apporter un habit couleur d'enterrement,
Je figure au convoi du Pantagruéliste.

CASCARET.

Lui ! défunt ! ah !

JOVIAL.

Je tiens le fait d'un nouvelliste
Plus sûr qu'un prognostic. Allons, pars donc, lourdaut,
Vîte, tu restes là, planté comme un badaut.

C

CASCARET.

Moi ! je suis de Falaise, issu de la basoche;
J'ai quelque sens commun épars dans ma caboche.

JOVIAL.

Un crêpe à mon castor, très-long crêpe, entens-tu?

CASCARET.

Un autre, pour le deuil, auroit moins de vertu !

JOVIAL.

Oui, mon cher, tu me plais, tu préviens mon idée:
Trouve-moi Frétillon, ma servante affidée.

CASCARET.

Fille alerte !

JOVIAL.

　　　Et demande un juste-au-corps de veuf,
Des pleureuses, sur-tout.

CASCARET.

　　　　Le drap plus vieux que neuf;
La gueuserie attriste.

JOVIAL.

　　　　En effet, ton costume
Pourra de mes chagrins accroître l'amertume.

CASCARET.

Vous prenez donc plaisir à vous désespérer !

JOVIAL.

Pars, te dis-je, ou bientôt j'en prends à t'atterrer.

CASCARET.

Dussiez-vous d'un revers m'étendre sur la planche,
Déboîter ma rotule, ou disloquer ma hanche,
Je ne comprendrai point qu'aux désolations
Vous n'entre-mêliez pas les dissipations.

JOVIAL.

Dieu m'en préserve ! il faut que la douleur m'accable.

CASCARET.

Vous le voulez, Monsieur, tenez-y par un cable.

JOVIAL.

Las du monde insipide, il faut qu'à chaque instant
Je n'éprouve qu'ennui, que dégoût révoltant,
Que mon humeur fâcheuse, aigre, mélancolique,
Tourne en bile ma lymphe & tout mon hydraulique.

CASCARET.

Aubaine à *Diafoirus.*

JOVIAL.

     Que mon cœur ulcéré
Soit, comme avec l'étau, par des spasmes serré,

Que de moi-même enfin l'Anglicifme s'empare ;
Que j'abhorre mon être & que je m'en fépare.

CASCARET.

A votre aife ! employez le fer, le piftolet,
Coulez le plomb fondu dans votre cervelet,
Ou fi vous l'aimez mieux, empeftez la pilule,
Empêchez qu'ici bas votre engeance pullule :
J'oubliois la riviere, où par amufement,
Vous pouvez, en belle eau, vous noyer proprement,
A moins qu'en la fureur dont l'accès vous emporte,
Vous n'alliez, haut & court, vous pendre à votre porte !
J'ai d'autres foins, je veille à vous bien décorer
Du fatal guenillon qu'il vous faut arborer.

SCENE VII.

JOVIAL.

Si j'enterrois ma femme ! Oh, oui ! la catastrophe
M'entrave à son caveau, du mien fort limitrophe,
Et je demeure en proie aux méditations
Qui peuvent m'affranchir des jubilations !
C'en est fait : tu péris, ma chere & digne épouse,
Toi, qui ne fus jamais criarde ni jalouse ;
Toi, qui toujours fidele à mes déloyautés,
Idolâtrais l'époux félon à tes beautés ;
Toi, qui dans mon veuvage, à mes yeux survivante,
M'étouffe de plaisir, de douleur, d'épouvante :
Hélas ! j'ai tout perdu !.... Bon, voici les tourmens,
Les hélas, les soupirs, les cris, les hurlemens :
Que ma salle en frémisse & que le ceintre en croule !
Qu'au milieu des plâtras l'un sur l'autre se roule,
Et sous les madriers que moi-même englouti
J'en sorte, sain & sauf, comme latte applati !...
Mais tandis que j'englobe, avec grand tintamare,
Le camail, le plumet, la jupe & la simarre,
Cascaret côte à côte avec ma Frétillon,
N'insulteroit-il pas son chaste cotillon ?

SCENE VIII.

CASCARET, JOVIAL.

CASCARET.

Monsieur, j'ai peu tardé, voici tout l'équipage.

JOVIAL.

Endoſſons-le, & bien vîte, allons, ſers-moi de page.

*(Caſcaret l'habille en pleureuſes, & le coëffe d'un
feutre à long crêpe.)*

CASCARET.

A mon regret.

JOVIAL.

D'où vient ?

CASCARET.

Vous ſavez !

JOVIAL.

Tel habit
Te ſemble donc pour moi d'un ſiniſtre acabit !

CASCARET.

Si j'en étois porteur, chamarré de triſteſſe,
Tenez, j'aurois demain *Lachéſis* pour hôteſſe.

JOVIAL.

Poltron !

CASCARET.

En difconviens-je ? ai-je un cœur de héros ?
Voit-on mon effigie, en marbre de Paros,
Reluire au piedeſtal ?

JOVIAL.

Au gibet, en planchette,
On pourra bien la voir !

CASCARET.

Si l'or ne la rachete !
J'ai du comptant, Monſieur !

JOVIAL.

Grace à plus d'un méchef !

CASCARET.

J'ai l'eſcarboucle au doigt,
(*Montrant ſa bague.*)
Les parfums ſur le chef,
Le brocard au pourpoint, au côté la flamberge,
Les draps blancs chez *Catin*, le Bourgogne à l'auberge,
La biſque ſur ma table, un paraſite au bout,
Derriere & devant moi les échanſons debout,
Les flûteurs ſur l'eſtrade, un groupe ſymphoniſte
Que je vous donne ici pour ſublime harmoniſte.

JOVIAL.

Congédions l'orcheſtre. Ajuſte mon collet,
Il me gêne.

CASCARET.

Admirez votre attirail follet !

JOVIAL.

Tu railles !

CASCARET.

Se peut-il ?

JOVIAL.

Voudrois-tu qu'en paillettes,
L'omoplate ennoblie avec des aiguillettes,
J'allaſſe à des convois, paré comme un Seigneur ?

CASCARET.

Oui.

JOVIAL.

Lâche mes cheveux.

CASCARET.

Qu'en dira le baigneur ?

JOVIAL.

Obéïs.

COMÉDIE.

CASCARET.

Aux cordons la bourfe eft accrochée,
Mais un tour de poignet, je l'affure empochée.
(*Il l'empoche.*)

JOVIAL.

Tu m'arraches les crins! ahi.

CASCARET.

J'y vais doucement.

JOVIAL.

Comme un Palefrenier qui peigne fa jument.

CASCARET.

Auffi pourquoi vouloir m'aftreindre à tel office,
Sans privilége aucun, & fans nul bénéfice ?

JOVIAL.

Choifis dans mes haras trois pégafes nerveux.

CASCARET.

A leur intention j'allonge vos cheveux :
Les voilà jufqu'à terre; ils outrent la coutume!
Et vous pouffez trop loin le funebre coftume.

JOVIAL.

Dépêche.

C A S C A R E T.

Patience.

J O V I A L.

As-tu fini ?

C A S C A R E T.

Dabord :
Vous cherchez votre foſſe , & je vous laiſſe au bord.

SCENE IX.

JOVIAL.

H ! moitié de ma vie, idole de mon ame,
Tu n'eſt donc plus ! quel coup ! je ſens que je me pâme,

(Il tombe mollement dans un fauteuil.)

ſon cœur débilité.... Bon , je m'évanouïs :
uels battemens de mains ! quels fracas inouïs !
'auteur, l'auteur !.... Et toi, compagne de ma couche,
our crier un bravo, tu n'ouvres plus la bouche !
u quittes l'air infeſt, l'égoût Pariſien ,
our les ſentiers fleuris du val Eliſien !
on ombre bocagère élague quelqu'arbuſte
ue la caſtration doit rendre plus robuſte !
'auteur, l'auteur ! tu vas ſous le vivace ormeau,
armi les flageolets, t'aſſeoir avec *Rameau*,
ttirer par tes chants les cygnes, les *Virgiles*,
ffleurer le gazon par tes danſes agiles !
'auteur, l'auteur !

> *(Il fait, à la maniere des Comédiens, trois*
> *profondes révérences, l'une du côté du Roi,*
> *l'autre du côté de la Reine, la troiſieme*
> *au Parterre.)*

Messieurs, il est chez lui reclus,
Il traîne en sa cellule un pied demi-perclus :
Comme il a pressenti que selon votre usage
Vous pourriez ordonner qu'il montrât son visage,
N'ayez aucun regret, s'il échappe à vos yeux,
Le comique, en long deuil, n'a point l'air trop joyeux,
Dans sa propre maison, de pleurards obsédée,
On n'entend que des cris, sa femme est décédée.

SCENE X.

MONSIEUR ET MADAME JOVIAL.

MADAME, (*à la coulisse.*)

Comptez sur Jovial.

MONSIEUR.

Oh! c'est elle!

MADAME, (*à la coulisse.*)

Au festin
Mon homme assistera chez l'ami *Fagotin* :
Point de façon, sur-tout, entre gens de revue ;
Il suffit que la cave en tokay soit pourvue.

MONSIEUR.

Hélas !

MADAME.

Que de langueur ! pourquoi tant soupirer ?
Te voilà défaillant, blême, prêt d'expirer !
Des crêpes ! quel défunt nous laisse un héritage ?
Quel bien, à mon insçu, nous écheoit en partage ?
Est-ce un riche terroir ? Remplis-tu nos celliers ?
Nous faudra-t-il gager nombre de sommeliers ?
Les vins sont-ils brûlans du feu qui réconforte ?

MONSIEUR.

Hélas! tu ne fais point! ma pauvre femme eft morte.

MADAME.

Rêves-tu?

MONSIEUR.

Samedi, tous deux, en liberté,
Nous foupâmes; pour tiers nous eûmes la gaieté,
Nul docteur, nul bavard, point de métaphyfique,
La mouffe du champagne animoit la mufique;
Tu me roffignolois l'Opéra par fragment.
Un friffon te furvient, j'éprouve un tremblement;
J'appelle, on refte coi; je prie, on s'humanife;
Accourez donc, je meurs, voilà qu'elle agonife!
Colique d'eftomac, lourde indigeftion,
Le ventre bourfouflé par la réplétion:
Ces pâtes d'abricots, friande nourriture,
N'apprêtoient, à mon dam, que fa déconfiture!
Vous riez! Eh! morbleu! croyez-vous que fon mal
Ne foit pas d'une force à tuer l'animal?
Oui, oui, c'eft une crife, un trouble, des fymptome!
Qui vous écraferoient ainfi que des atomes;
Vîte, apportez des eaux, de fels, des Médecins!
Tandis qu'on galopoit ces fieffés affaffins,
Ton œil foiblit, ton poulx manque, tu m'es ravie,
Et j'ai perdu mes foins à rappeller ta vie.

MADAME.

Te moques-tu de moi? Perds-tu fens & raifon?
Avec quel tavernier as-tu fait liaifon?
Ivre, ou fou, fi quelqu'un, les miens, ta parentelle,
Tes amis te voyoient dans ta douleur mortelle,
Eux-mêmes, les premiers, t'envoyeroient me pleurer
Dans la loge, où long-tems, on t'a vu demeurer!
Souviens-toi du beau jour où ta langue enhardie
Piqua des *Rofcius*, la race abâtardie!
Leur ligue, concertée au chevet de *Marton*,
Conduifit, poings liés, ta mufe à Charenton!
Tu le méritois bien! tu voulois fur la Scène
Oter fa belle écorce au *fuborneur* Obfcène (1),
Tandis qu'à fon fervice il falloit t'engager,
Devenir, en public, fon galant meffager!

MONSIEUR.

Hélas!

MADAME.

Plus de complainte, ou je cours de pied ferme
Supplier qu'en lieu fûr de rechef on t'enferme.
J'aime un extravagant, mais gai, récréatif;
Qui tient à fon narré l'auditoire attentif,

-----

(1) *Le Suborneur*, Comédie en cinq Actes & en vers : je
l'imprime inceffamment.

Broche l'Epithalame aux nôces des fillettes,
Trinque & va de Pomar épuiſer les feuillettes :
Pour toi, fou ſérieux, léthargique, glacé ;
Toi, parmi les vivans, te voilà déplacé !

MONSIEUR.

Hélas ! viens, Héraclite, & que mes yeux périſſent
Si mes pleurs ſuſpendus dans leurs canaux tariſſent !

MADAME.

Héraclite ! où peut-il hanter cet égrillard
Qui jette autour de nous le vaporeux brouillard ?
Voudrois-tu m'enſeigner quelle eſt la cotterie
Où ce Monſieur s'annonce avec plaiſanterie,
Déride un Sénateur, déſarme un Officier,
Diſcipline un Abbé, dégraiſſe un Financier ?
Parle donc, Jovial.... Ta parole eſt coupée !
Que fais-tu d'Héraclite ? Un joujou, ta poupée !
Dis, réponds.... il délire ! il ne m'écoute pas !

MONSIEUR.

Et toi, Catafalcus, apôtre du trépas,
Précipite mes jours, creuſe ma ſépulture,
Et que des vers, à jeun, mon corps ſoit la pâture !

MADAME.

Catafalcus, où diantre a-t-il pu rencontrer
L'homme qui veut qu'en terre on s'acharne à rentrer ?

Oh! pareils foſſoyeurs, nourris des funérailles,
S'en viendroient d'oſſemens tapiſſer nos murailles,
Et le fantôme *Young*, ici même apparu,
Timbra mon cher époux, de réquiems féru !
Dis-moi donc, mon amour, reconnois ta femelle,
Regarde ! en quel ſépulcre en verrois-tu comme elle ?
Séche tes pleurs.

MONSIEUR.

Le dois-je ? ah !

MADAME.

Tu me fais pitié !

MONSIEUR.

Quel veuf peut ſans regret enterrer ſa moitié ?

MADAME.

Tu la vois, tu l'entens, tâte, je ſuis vivante ;
Je ſuis avec reſpect ta très-humble ſervante ;
J'étayai ton caſtel, j'ornai ton vêtement,
Je conviai ta meule à moudre ton froment ;
C'eſt moi qu'avec raiſon tu choiſis pour compagne ;
Je t'eſcorte à la ville, en cour, à la campagne ;
C'eſt moi qui par ton aide, engendrai, ſans effort,
Cinq ou ſix marmouſets qui te reſſemblent fort.

MONSIEUR.

Qu'on me laiſſe !

D

MADAME.

A loifir, dans la mélancolie
Enfoncez-vous, Monfieur.

(*à part.*)

Epions fa folie;

(*Elle fe retire & le guette.*)

MONSIEUR.

Voyez les jeux du fort ! moi, qui dès le berceau
Maniai dextrement le comique pinceau ;
Moi, qui fus appellé, je ne fais par quel aftre,
Pour être du Théâtre un folide pilaftre ;
Moi, cet original ! l'on me force à gémir !
Je gémis ; dans les pleurs je cherche à m'affermir :
Héraclite furvient, Catafalcus enfuite ;
Moi, leur finge apprentif, je grimace à leur fuite,
Le chagrin me gagnoit, ma femme a tout gâté :
Que je m'égaye un peu, net, mon Drame eft râté,
Ma banquette déferte ! ou fi le monde afflue,
S'il avance en tumulte, & qu'en preffe il reflue....

MADAME (*à part.*)

Il me jouoit, le drôle, & jouera, je le voi,
Nos lugubres Français qu'il mène à mon convoi.

MONSIEUR.

Si ma toile baiflée étale pour devife.....
Veut-on fe réjouir, céans, qu'on fe ravife !

Pour m'y rendre fameux j'en bannis les hochets.

MADAME (*à part.*)

Il va fur l'Acheron gliffer des ricochets.

MONSIEUR.

Si ma fcène imprévue offre à mon affemblée
La charmante *Atropos*, d'un linceul affublée....

MADAME (*à part.*)

Je frémis du fpectacle ! il plaira néanmoins !
Il aura, j'en répons, nos *Quakers* pour témoins.

MONSIEUR.

Si j'accouche d'une œuvre où mes *Ariftophanes*
Plongent le fer tragique en leurs flancs diaphanes,
Ils criaillent, je braille, on rit, je refte mort.

MADAME.

Catafalcus l'emporte & le Rieur a tort.

MONSIEUR.

Tu m'épiois !

MADAME.

Ah, ah ! toute chaude on m'enterre !

MONSIEUR.

Rentre dans ton caveau, j'attends Monfieur Parterre,
Il ne te connoît point ! il faut nous divertir
A lamenter ta perte ; y veux-tu confentir ?

MADAME.

Volontiers : moquons-nous des Romans qu'il accueille,
Et du choix malheureux des piéces qu'il recueille.

MONSIEUR.

Tu sais son crime énorme !

MADAME.

Il étrangla les Ris!

MONSIEUR.

Avec le nœud coulant que serra tout Paris.

MADAME.

Je sais que le pendart a saisi l'occurrence,
Pour exterminer *Plaute* & juguler *Térence* !

MONSIEUR.

Tandis qu'il complimente , un froid Dialogueur
S'enroue à lui prôner son Actrice en langueur ,
Et me soutient , à moi , que *Nanine* , ou *Cénie* ,
Sont les derniers efforts du comique génie !

MADAME.

Pour voir là du MOLIERE , il faut être aveuglé !
Mais l'ouvrage est-il plat , mal conçu , mal réglé ,
Le *Dave* y met du sien , le vieux renard finasse ,
Accrédite un Auteur , embrion du Parnasse !

Dans les doctes papiers le nabot aggrandi,
Au fauteuil des *Quarante* arrive tout brandi,
Et des Contemporains ses neuf Muses prisées,
N'ont des siécles futurs que nargues & risées.

MONSIEUR.

Comment ! ces *Vaugelas* dont l'œil grammatical
Découvre dans *le Cid* un vice radical,
Ces Bourgeois d'Hélicon, glosent la *Melpomène*,
Qui tresse son laurier pour en coëffer *Chimène*,
Et de Monsieur Parterre, en butte au correctif,
Il faudra consacrer l'arrêt définitif !

MADAME.

Je recuse le Juge, & ma fin qui s'approche
Va lui coûter des pleurs, fut-il plus dur que roche !
Il s'en faut ! le bonhomme, aussi mou qu'un chiffon,
Céde aux piteux bémols d'un Opéra bouffon,
Et sa voix monotone assoupit la Romance,
Que l'écho fatigué répéte & recommence :
Quel triste Chansonnier !

MONSIEUR.

Il vient, paix, le voilà !

Courage, larmoyons.
(*Tous deux tirent le mouchoir.*)

SCENE DERNIERE.

PARTERRE, LOGE, BALCON, Monsieur
et Madame JOVIAL.

JOVIAL.

QUEL coup me frape là !
(Montrant son cœur.)

PARTERRE.

Je vous retrouve en deuil !

JOVIAL.

Pour les uns déplorable !
On l'a vu, bien souvent, pour d'autres favorable.

LOGE.

A peine en nos foyers, où l'on grelotte ici,
Avons-nous pu phraser un discours raccourci....

BALCON.

Et dans cet intervalle arrive une nouvelle....

Madame JOVIAL.

A casser contre un mur la plus forte cervelle !
Figurez-vous la femme en sa pleine vigueur,
Affrontant les hivers, la bise & sa rigueur,

C'étoit ma Jovial, allaigre, sémillante,
L'image de santé, la jeunesse brillante :
J'aurois mis sur sa tête un lingot du Pérou !
Elle étoit mâle au point d'abbattre un loup-garou,
Toutes-fois gracieuse, aussi douce qu'hermine :
La friponne en avoit la finesse & la mine.

JOVIAL.

Quel démon pût flétrir les roses, la fraîcheur,
L'éclat qui de son teint relevoient la blancheur ?
Quel Artiste éminent, Peintre de la nature,
N'échoueroit à vous rendre au vif sa mignature ?

Madame JOVIAL.

La voici :

> (*Montrant son brasselet, que considérent les*
> *Acteurs, & que baise & rebaise Jovial.*)

Peu fidelle, en proie au vermillon ;
Mais.... c'est-là.... c'est bien là.... son œil d'émérillon !
Sans Lapidaire aucun, sans nulles girandoles,
La Dame eut éclipsé) Chinoises idoles !
Et la voilà perdue au ténébreux séjour
Dont, par un trait jaloux, la nuit chassa le jour !
La pauvre créature, agréable, follette,
Le miroir devant elle, expire à sa toilette.

LOGE.

Encor si dans son lit elle eut trouvé sa fin !

Madame JOVIAL.

Je m'en consolerois !

LOGE.

> Je le crois, mais enfin,
Que l'on souffre à mourir en robe à pretintaille !

Madame JOVIAL.

Avec le busque habile à rafiner la taille !

JOVIAL.

Quel Négromantien espéra vainement,
Conjurer par son art, tourner l'événement,
Et subjuguer le sort dont l'arbitraire empire
Voulut de tous les maux me réserver le pire ?
Je suis veuf : l'aposeme enleva cet objet
Qui sera de mes pleurs un éternel sujet ;
J'en verse à flots, Messieurs, & je m'en félicite,
Ma femme, en falbalas, vogue sur le Cocite :
Sa mort, toujours vivante en mes esprits troublés,
Les retient, à plaisir, sous la tombe accablés.

PARTERRE.

N'en sortez point, songez que plus on nous afflige,
Moins on craint les lardons, châtimens que j'inflige
A l'insensible époux qui perdroit sa moitié,
Sans lui faire un adieu surchargé d'amitié.

BALCON.

Oh ! Monsieur Jovial n'aura plus d'autre envie
Que de sacrifier les restes de sa vie.....

LOGE.

Pour rejoindre sa Dame en beaux accoutremens
Qu'elle a quitté si jeune.....

Madame JOVIAL,

Et pour quels ornemens !

JOVIAL.

Moi, vivre, & je la perds ! qu'on m'affile une épée !

Madame JOVIAL.

Vous détruire !

JOVIAL.

Qu'au Stix la rouillarde trempée
M'arrache à mes douleurs, m'immole à ma *Philis*,
Dont la faulx désastreuse a pu trancher les lis,
La voilà.... Qu'on me dise.... Où ?

Madame JOVIAL (*à part*).

Chez toi.

JOVIAL.

Je l'ignore ;
Mais que l'urne,
(*Il s'en fait une de sa tabatiere.*)
Enfermant sa cendre que j'honore,

M'excite à conserver le mortel souvenir
D'une épouse qui part....

Madame JOVIAL.

Pour ne plus revenir !

JOVIAL.

Rapprochons-là de moi, quoique fort reculée ;
Oui, j'annonce aux Français la piéce intitulée,
Le Veuf inconsolable.

PARTERRE.

Oh ! je vous garantis
Que contre un tel chef-d'œuvre il n'est point de partis,
De cabales, sans frein, que votre Acteur n'écrase !

JOVIAL.

Monsieur....

PARTERRE.

D'yeux qu'il ne mouille, & d'ames qu'il n'embrase !
Sur vos dignes tréteaux, je ne reviens exprès
Que pour vous couronner du comique cyprès.

(Il tire de dessous sa veste, & pose sur la tête de
Jovial le cyprès dont il se défend.)

LOGE.

Et moi, je vous ménage une heureuse Elégie,
Dont le vers gémissant fait votre apologie.

JOVIAL.

Madame....

LOGE.

On plaint ce veuf, éperdu, désolé,
Que l'on verra plutôt défunt que consolé.
A vous, Monsieur Balcon.

BALCON.

Pour moi, Madame Loge,
J'ai toujours réussi dans le funèbre éloge,
J'en garde à Jovial un qui n'est point menteur.

JOVIAL.

Monsieur.

BALCON.

Point doucereux, & d'autant plus flateur.

LOGE.

Que pour vous, mon *Thespis*, en casaque drapée,
La médaille en bel or au bon coin soit frapée !

(*Jovial s'humilie.*)

BALCON.

Qu'exempte d'alliage, aucun tems ne la souille,
Qu'elle échappe aux affronts que lui feroit la rouille !

(*Jovial s'humilie.*)

PARTERRE.

Le ciseau vous réclame , un *Pigal* se réveille
Pour montrer sous vos traits la huitieme merveille ,
Aux yeux du monde entier vous produire en granit ,
Et porter votre nom du Nadir au Zénit.

JOVIAL.

Triomphez, Ecrivains, dont la plume émoussée ,
Fut par un vent contraire au Théâtre poussée :
Du savoir & du goût , en Gaule anéantis ,
Naquirent les succès dont vous fûtes nantis ;
Qu'ils rongent l'envieux ! qu'ils s'accroissent encore !
Que *Midas* Oreillard , comme lui , vous décore ,
Qu'il vous donne la palme , à vous , plats Romanciers,
Les bourreaux de *Momus* , des Ris les justiciers!

Madame JOVIAL.

Eclate, mon époux , ta splendeur m'environne :
Pleuvent sur toi les vers , l'éloge & la couronne ,
Et si ce n'est assez pour te rendre immortel ,
Opérons un miracle, il te vaudra l'autel :
Que ton chef blanchissant tout-à-coup refleurisse ,
Et s'il se peut , l'ami , qu'à ton âge il meurisse !

JOVIAL.

Tu vois que mon travail , à moi-même suspect ,
Usurpe un médaillon , des honneurs , du respect !

Tu vois bien qu'en granit aux places l'on m'installe
Pour avoir renfrogné la sombre Capitale !
Ma femme.... Qu'en dis-tu ?

PARTERRE.

Sa femme ! il nous bernoit !

JOVIAL.

Tandis que de sa main Monsieur me couronnoit.
Allez, cyprès maudit,

(*Le jettant, par mégarde, dans le Parterre*)

Allez au cimetiere,
Servir à nos *Youngs* de béguin, de testiere :
Pour moi, loin des Anglais, je marche panaché
Des pampres que PIRON du cep a détaché.

PARTERRE.

Le farceur !

LOGE.

L'impudent !

BALCON.

Le marouffle !

PARTERRE.

Débute :
A plat sur ton parquet ma clique te culbute.

LOGE.

Présente à mon courroux tes *Giles* contournés,
Je leur jette aussi-tôt mon éventail au nez.

BALCON.

Sollicite un appui pour tes Piéces verreufes,
J'envoie à *Nicolet* ton crêpe & tes pleureufes.

LOGE.

Ofe arrondir la fraife au col de ton *Crifpin*,
Ma caffolette ira mafquer le turlupin.

BALCON.

Tremble pour ta fequelle! Oui, j'incague, à ta barbe
Toinette, *Argan*, *Purgon*, fa toque & fa rhubarbe.

LOGE.

Je livre à nos rimeurs, les plus faftidieux,
L'Olympe où *Métromane*, habite avec les Dieux.

BALCON.

Gémis fur mes exploits, je cours, armé d'un cefte,
Étendre *Célimène* aux pieds du fauve *Alcefte*,
Et de tous les humains le frondeur abjuré,
Sent de mon gantelet le poids démefuré.

JOVIAL.

Frappez d'un coup de foudre *Elmire*, *Orgon*, *Dorine*
Complettez la victoire, & qu'on la tambourine.

BALCON.

Vous me raillez, je penfe!

JOVIAL.

Innocemment!

BALCON.

D'un ton ...
semble sur vos reins appeller le bâton !

JOVIAL.

-là : Jovial, Valet de Comédie,
roit changer, Monsieur, la scène en Tragédie !

PARTERRE.

t un double maraud, suivant le Trivelin,
aprat, Dufrenil, Regnard & Poquelin ;
t un drôle avoué du rieur *Démocrite* :
ons, que sa mémoire en ces lieux soit proscrite !

(*Il tire un long sifflet, siffle à outrance, & sort
avec Loge & Balcon.*)

JOVIAL.

gue à Monsieur Parterre, il siffle, il applaudit....

MADAME.

ne salt ce qu'il fait, car il se contredit.

JOVIAL.

Il fallut, une fois, montrer sa turpitude.

MADAME.

our lui tu sanglotois, n'en prends point l'habitude.

JOVIAL.

Allons, ma toute belle, allons rire au festin
Qu'assaissonne en bons mots notre amé *Fagotin*,
Et d'un Catafalcus fuyons l'itinéraire
Qui nous mène, avant terme, au dortoir funérai
Refoulons la vendange avec mon *Rabelais*,
Réintégrons *Thalie* en son joyeux Palais.

AU PARTERRE.

Monsieur, quelque pitié, grace, si l'on vous joue,
Je vous applique ici le soufflet sur ma joue!
Ma piece est misérable! & mes chétifs Acteurs
Seront jusqu'à la mort vos zélés. ... Détracteurs.

FIN.